纪
念
版

情书

——单之／著

陕西师范大学出版总社

图书代号　WX18N0529

图书在版编目（CIP）数据

情书/单之著. —西安：陕西师范大学出版总社有限公司，2018.5
ISBN 978-7-5613-9980-4

Ⅰ.①情… Ⅱ.①单… Ⅲ.①诗词—作品集—中国—当代 Ⅳ.①I227

中国版本图书馆 CIP 数据核字（2018）第 096169 号

情　书
QING SHU

单之　著

责任编辑 /	张建明　徐　娜
责任校对 /	姚　苗
装帧设计 /	贾　嫣　窦　菲
出版发行 /	陕西师范大学出版总社
	（西安市长安南路199号　邮编710062）
网　　址 /	http://www.snupg.com
经　　销 /	新华书店
印　　刷 /	西安市建明工贸有限责任公司
开　　本 /	720mm×1020mm　1/16
印　　张 /	12
插　　页 /	4
字　　数 /	120千
版　　次 /	2018年5月第1版
印　　次 /	2018年5月第1次印刷
书　　号 /	ISBN 978-7-5613-9980-4
定　　价 /	58.00元

读者购书、书店添货或发现印装质量问题，请与本社营销部联系调换。
电话：（029）85307864　85303622（传真）

单之,本名谭聪伟,1992年3月生,四川巴中人,2015年毕业于陕西师范大学物理学与信息技术学院,现于北京大学前沿交叉学科研究院攻读物理化学博士学位。曾荣获宝钢优秀学生特等奖、"第十届中国大学生年度人物"入围奖等。长诗《古都歌》获"文化·西安"征文优秀奖。

浪漫的诗歌
唱给最美丽的灵魂山听

——单之

Sing Romantic Poetry to the Beautiful Soul

于理求文

诗情从来不以文理别类而束限，然必以切身之体会，亲身之经历，故成《情书》简古纯粹，不求苟说于无辩之唉谈、无端之生活体味。单之乃理工之专学，以诗自娱自养以至六载，及此结集成册，愿广而共审，美而共享。

研学求墨

《情书》诗文之风格，求之于国画表达之意旨，故单之常拜论专门，欲详实体学以精励认知。恰逢善墨谭传荣先生，与先生讨书法、国画之表达，幸得其为《情书》书名拨冗落墨。（右为谭传荣先生）

共议详端

　　《情书》付梓过程中,倚靠群策群力,集众之观点安排布局,对出版提出了建设性建议。(从左至右:单之、余跃洲博士、秦琴博士、李海涛博士、陈磊博士、吕贻强先生、荣文辉博士)

广议博辩

　　《情书》结集整理过程中,举办了由清华北大学子为主的多场诗歌兴趣交流会、读书会。虽并非专门诗歌之出身,然讨论亦以情趣喜好之谈言,讨论切磋,广议博辩,在《情书》评语荟萃部分留下了他们些许见解。(前排从左至右:秦琴博士、李慧博士、吕贻强先生、刘芳教授、李海涛博士、何颖菁女士;后排从左至右:单之、余跃洲博士、陈熙邦博士、刘成城博士、曾敬诚先生、梁健霖博士、范捷博士、高南荣博士、陈磊博士、雷明昊博士、荣文辉博士、藜琳博士、鄂尔江博士、叶健文博士)

情至身躬

"情至身躬"取"诗之情，必至自心"与"诗之内容，必切身之躬行"之意。四字亦为予之家人敦促之法则，教予不浮不夸，身体力行。《情书》中三诗亦为家人之所作，分别为：《孩子》《父亲》《家》。（前排从左至右：母亲夏翠林、父亲谭才一；后排从左至右：姐夫龙云、外甥龙思辰、大姐谭聪灵、二姐谭露、单之）

咏颂切磋

予常结诗歌兴趣之好友商评诗稿，或兴致颂咏，亦列题切磋。期间与李轩先生、释延勇禅师列题竞诗，所著收录为：《廿五感怀》《朝别长安辞故友李君》《秋信独读》《夜访终南与友题答》等。（右为李轩先生）

寓诗于行

　　创作无论"穷而后工""发愤而作",或有"不平则鸣",然所抒为体己之情。共鸣之作,必以同经同历之感方可入心,故性情在我,砺思需寓诗于行。2016年8月予骑行环游青海湖,于青海湖湖边创作诗歌《青海湖》。

致　谢

感谢北京大学光华管理学院 EMBA、皓昇莱生物制药有限公司董事长吕贻强先生，感谢他在诸多方面的鼎力相助，催促我并竭力推进诗集出版，惠我颇多。感谢北京大学艺术学院教授、北京大学文化产业研究院副院长向勇先生为诗集作序，深入浅出地对诗歌进行了点评，先生对诗之见解，先生对我之宽容雅和，点滴在心。感谢北京大学光华管理学院 EMBA、广东朝阳电子科技股份有限公司董事长沈庆凯先生，北京大学光华管理学院 EMBA、浙江摩科生物科技有限公司总经理文军博士，北京大学光华管理学院 EMBA、湖南涉外经济学院常务副校长李钊博士（享受国务院特殊津贴专家），北京大学光华管理学院 EMBA、环球旅游网 CEO 兼总编辑王振先生，博达软件股份有限公司总经理李辉先生，北京极地加科技有限公司董事长冯芳女士及执行合伙人王柏华女士，他们的大力支持和帮助，在诗集出版中的关键性不言自明。感谢"幸福社"合伙人陆洵先生，为相关诗歌讨论活动留下影像。

感谢三峡燃气（集团）有限公司董事局主席、董事长谭传荣先生，为《情书》书名拨冗落墨。感谢博克生物技术有限公司宋亚兵总经理、广西大学刘芳教授，对诗歌出版的建议和支持。感谢少林寺二祖庵庵主、少林棋院院长释延勇禅师，中国作协会员、济宁市作协副主席冰虹女士，中国诗歌学会编辑出版部主任、《中国新诗》编辑吕达女士等诗友，阅读诗集并对诗歌的评议和讨论给了我重要的提醒。北京心灯文化发展公司副总经理李轩先生、延勇禅师和我三人常促膝长谈诗词，讨论切磋，使我对诗歌创作的理解增益不少。感谢陕西师范大学出版总社编辑张建明先生，在出版进程的每个环节的鼎力相助，在排版和表达上给了我重要的提醒。

感谢北京大学李海涛博士,从旁力促,一路相伴,点滴铭心。感谢北京大学《北大青年》报社前总编辑高嘉敏博士,北京大学雷明昊博士、张兴华博士和陈熙邦博士,及北京大学艺术学院彭莹茜同学,对出版提出了建设性建议,并进行了初步校核。同时,北京大学余跃洲博士、清华大学蒋光昱博士、哈佛大学王旭博士、麻省理工孙维维博士、牛津大学陈成博士、剑桥大学博士后陈博博士、东京大学张煜博士等100博士读者给予赏评,由衷地感谢他们。中央民族大学孙宝新博士、中国社会科学研究院卫欣园女士也提出了建设性修改意见,诗稿最后由北京大学"随艺说"设计总监窦菲女士帮助制作了《情书》中全部插图,谨在此一并致以衷心感谢。

《情书》的出版还离不开众机构的帮助,这种帮助是直接且多元的,于此感谢全球川渝博士联合会、全球广东博士联合会、北京广西博士生联谊会、北京重庆企业商会博士人才委员会、北京川渝博士联合会、北京大学"随艺说"、麓遥(北京)教育科技有限公司、"幸福摄"摄影社的大力支持。

单 之

2018年4月

序

致真爱 纯美与诗意的青春

向 勇①

每个人思念难舍的青春,都是用情书缝缀的日子,即便这些文字只是孤独地写给自己。情书最好的表达,就是诗歌,无论是古体诗还是现代诗。诗歌有着散文般似无逻辑的自由散淡,也有诗歌般平仄押韵的韵律节奏;它可以讲究遣词造句的用心推敲,也可以追求不拘一格的奔放洒脱;它好似内心深处奔涌的情感之泉,自由流淌,不由自主地涌出笔端,涌向纸面,汇成一条诗意的长河。

展读这卷关于青春的"情书"书稿,我似乎看到一个青春少年,身着长衫,手握书卷,目光温婉,笑容温甜,缓步徐行于清风明月间,闻着落花、听着夏雨、轻揉秋叶、缓踏初雪,不时浅吟轻唱。而真正见面时,我才知晓这些文字的主人却是一位理工男孩,他清秀、干练,待人彬彬有礼,满是"纯朴、真挚、天真和信念",正如他诗中所写。其实,写诗无关乎职业、专业和知识的藩篱,只在于是否以深情、悲心和慧命的生命体验去参与自己的生活日常,去感受普情凡事的别样馈赠。在《情书》诗人的笔下,青春应该是充满真爱、纯美与诗意的生命体验。

诗人的世界是一个有情之世界。无论是堆沉的"初雪"、悄落的"飞花",还是清漾的"春雨"、如霭的"黄昏",这些四季轮回的时间印记,在诗人的眼里都不是"寻常物的滥觞",而是呈现了一个饱含深情的意象世界。意象世界就是情景交融的心物一体,就是以人的一点"灵明"去朗照万物的生机刹那,就是一个活泼泼的生命世界。有情之世界是一个注重灵性的生活世界,心灵的滋养、"温情的呓语"是诗人可以欣享到的最丰盛的食物。"我错过了世界多少人，未曾错过的你"，无论是林黛玉的"情情"还是贾宝玉的"情不情"，是付出，亦是收获；是思念，亦是遗忘。一个人的青春，当是深情的青春，当是真爱的岁月。

诗人的世界是一个纯美的世界。即便是"流浪"，也"定拾回我初生十分天真的善良"；即便是"告别"，也要"写个落花的梦语"；那温忞的"秋逢"、与星空相伴的"孤独"，那阑珊的"街灯"、年未古稀的"父亲"，一个个稀疏平常的萧瑟光景、普通卑微的凡人弱者、司空见惯的别离苦痛，在诗人笔下没有撕心裂肺的哀号和肆意绝望的宣泄。这些生命中无可避免的光景、凡人和苦痛，静静地来，轻轻地走，"穿越观点、偏见、传统和欺骗"，互道珍重，不紧不慢地"封存他幸福的忧伤"。诗人用"全部最纯粹的念想"所营造的这个世界，是一个显现"中和之美"的纯美世界，是一个"不悲不喜"的优美世界。

诗人的世界是一个诗意世界。煮茶、游园、夜访，秋月、初雪、柳风，诗人将平时的日常生活和所见之物，都化成了诗的平仄韵脚，高高低低，起起伏伏，诗意绚烂。诗人的诗意世界透着一股古风，这不是指他在旧体诗中对格律对仗的严格把握，也不是指他在新体诗中填词造句的古意坚守，而是在诗人的诗歌中，我们能强烈地感受到诗人所营造的一种古时文人的生命情调、生活态度和生活方式。这是诗人向往的生活，融入了传统与现代，穿透了历史，凝固了时光，也是诗人以写诗填词的行动，以青春的韵脚，表达了一种留住传统、继承传统、创新传统的个人努力。

胡适曾这样评价徐志摩，他的一生真是一种单纯的信仰，这里面只有三个词：一个是爱，一个是自由，一个是美。尽管诗人声明有别于这位现代诗歌的开创者，但在最后，我还是要把这近似的三个词送给诗人：愿他的青春时光，永远充溢着真爱、纯美和诗意。

①向勇，北京大学教授，文学爱好者，偶有作诗赋文，以自得其乐。

自　序

纵使世事纷扰，在时间的潜移里，我们都会回到初时，找回本真的自我。希望你阅读到《情书》的每一文字，使你多一分对爱的度思。这或许就是诗集最终命名为《情书》的缘由吧。

《情书》所集诗歌创作时间横跨六年，诗集整理也历时四年，间间断断共三次。然而，从整体上，看诗歌的创作时间反而集中于近两年。原因有三：个人心性变化，对诗歌理解的变化，初步形成诗集风格及确定诗歌题材。诗集前三次整理中，每每都因为未成单之风格而停止。2016年12月，在李雅女士完全没有准备的情况下，她聆听了诗歌《落叶初唱》的朗诵录音而感染流泪，我感觉已经寻到了自己诗歌的表达方向。故而，经过两年的创作，集成了今天的《情书》。

鄙人自2012年开始诗歌写作，处女作为长诗《古都歌》。2015年以前，所成古体与现代诗歌也逾数百首，但未尽收录，而摒弃了绝大部分，主要归因于在北大生活近一年中个人对诗歌理解的变化。故而，在此抛弃了先前清晰描写事物、完全表达自我的风格，解放出来，寻求自由之风。由向外而空洞的情感诉求，转而关照自心，用自我内窥的方式表达对自己生活日常的生命体验。《情书》从中放弃诗人完全的自我，追求通过诗中之"我"去构筑意象，从而引导读者感知和思考。

《情书》的诗风初读极像徐志摩。倍感惭愧的是，徐志摩的诗我所读寥寥，故而不敢妄议前辈。相反读了不少海子和北岛的诗歌，然而所成诗风并未以此为继。《情书》诗风定格来源于对古诗词风格的偏狭理解，秉承追随古诗的意旨，《情书》的初心不希望读者读创作者本身，而是通过意象地牵引深入意境，反观自我，体察世界。

对于《情书》的创作美学，状物上，通过时空结构勾描，适时留白，捕捉自然可见的瞬息万变，让读者通过自身意识再次构架，换起内心的美学感受；抒情上，温婉冷静，细腻绵长，对既表达的情感反思，进而产生可能的创造。如果，一个读者的阅读，欲望发端于认知作者创作心境的本质，这并非《情书》所求。

我不想为诗歌创作制定规则，更不想把诗风分门别类。但是，必须在此以只言片语介绍《情书》诗歌写作风格，以便读者朋友更好地理解并深入体会《情书》可能带来的美。《情书》诗歌中表现出来的抑扬顿挫，完全服务于诗歌本身情感变化。在此基础上，《情书》讲究：选字炼意，简洁但不强求浮华；唯美抒情，理性但不节制感情。深入意境，通过意向的转变，在非理性的心灵世界中塑造自我，认识自我，表达自我。描写体察入微，注重以心灵为上的艺术表现，在意境筑构过程中，点到为止，通过典型而有力的真实化时空物相转移暗示诗中之"我"思想及情感地转合，进而实现现实与艺术、感性与理性之间的平衡。

诗歌对于世相必有取舍，在剪裁中进行创造，在创造中用可觉之独立意象来完成诗的境界。《情书》的诗境，作为作者于此不予细说，或有评论对其指摘一二。从对诗境的认识来看，诗自身所体现的境界只是其一，它还必须包括"作者诗境"和"读者诗境"，是缺一不可的。能够通过诗歌自身地表达，达到诗之境与作者和读者之境的合一，这样的诗才显境界。《情书》虽未达，但亦求之。

中国新诗发展已逾百年，作新诗之诗人也不胜枚举。大多诗人为求满足诗歌之理论，达所求诗歌之境界，使情感远离可读之读者，最终作品只能束之高阁。时代空前繁荣，我们拥有前所未有的自由空间，不幸地是我们会将审美和审丑混为一谈而不觉。可幸地是，这并不标志美的消失，反而代表着我们对美的追求越来越高。于此，《情书》整理之际,寻求了很多非文学专业的读者进行了阅读和赏析,他们虽不如诗歌界学者们懂得诗歌,但是我所求正是这种非"专门"之见解。单之并非狂傲之徒,然,既为北大之人,当尽北大人之当所为。诗歌是灵魂的艺术,也或许是因为诗人的傲气与傲骨,才使得诗歌能战胜时间长河地无情洗磨和人类心性之脆弱。

单之,取意于"一而单之"之意;单,非姓氏也。亦在此说明。

单 之

2018年3月

目录

上编 知情难息，若往若还

落叶初唱/3

孩子/5

落秋/8

告别：写给落花的梦语/9

我爱你/10

情书/11

初雪/13

梦/14

青海湖（一）/15

青海湖（二）/16

尾声/17

孤独/18

秋逢/19

黄昏（一）/20

黄昏（二）/21

22/雪（一）

23/雪（二）

24/落樱

25/街灯

26/三行情书

27/听雨

28/秋（一）

30/秋（二）

31/秋（三）

32/秋（四）

33/忘

34/我有一个爱恋

35/城

36/雪夜

37/樱

38/念

39/四月

40/落叶

41/昨天

42/春雨

43/无题（一）

44/无题（二）

45/家

47/晚秋

48/诗

49/月

50/单之

51/告白：写给春的序语

归雁/52

父亲/53

流浪/56

日记/57

失恋之夜/58

似是故人来/60

她/61

命运/63

十月桂花/64

我们/65

再见/66

夜/67

再见吧，记忆/68

云朵/69

青春（一）/70

青春（二）/71

灯/72

春雪/73

生活/75

未名/76

拿什么来爱你，我的爱人/78

恋—献词/80

雨中/81

门/82

时间/83

未名湖/85

最后一章/86

下编　旧格新词，心怀状观

89/秋月

90/题北京大学红湖石坊残联

91/即春词

92/初雪

93/秋

94/读岳飞《满江红》

95/适怀禹弟留别

96/无题（一）

97/无题（二）

99/无题（三）

100/无题（四）

101/无题（五）

102/无题（六）

103/登香积寺予魏君书

104/答愈君项王问

105/辛卯二月夜

107/晴暮

108/春雪

109/古都歌

113/思乡曲

114/春怀

115/曲池逢萧

116/读《观沧海》有感

117/再听《文王操》

119/忆李白

120/伤仲永

月下独酌/121

忆师/122

与覃君书/123

茶饮/124

煮茶/125

夜访终南与友题答（其一）/126

夜访终南与友题答（其二）/127

即秋吟/128

师/129

绝占重阳/131

秋信独读/132

春雨/133

朝别长安辞故友李君/135

虞美人曲江听流水/136

廿五感怀/137

附录　诗友评录

发于至诚，神游于魂魄/141

超凡脱俗的"诗创造"/142

一个真性情的诗人/143

俊才，当如是也/144

这个世界，我们来过/145

百名读者评语荟萃/147

后记/162

特别鸣谢/166

上编

知情难息
若往若还

落叶初唱

寒波漫浸
轻杳是轻渺的声息
繁星是梵苻[1]的行衣
青黄漓析[2]
落叶击水的泙泞消寂
当微黄漫满郁青，郁青流入沙泥
我们开始学会相信
一叶坠地时寂寞的美丽

静定闲逸
浅尝欢喜
何许必解秋意
夜幕初起
想必是，这样的夜只属于
孤傲的心体

如果
我们忘记了邂逅时初芳的爱意
在炽热的年华里
用时间抹平了心习
我原谅了自己
原谅了世界
原谅了你
谁愿替我将轻寒写与秋藜[3]

2016年10月,未名湖

[注释]

　　[1] 梵荇(fàn xìng):梵取茂盛意;梵荇指茂盛的荇草。

　　[2] 漓析(lí xī):漓取浅薄,析取分开之意;青黄漓析指叶子开始泛黄时,黄色青色慢慢分开的状态。

　　[3] 藜(lí):植物名。

孩子

我把希望折叠好
孩子
在每一清早等你醒来
铺陈世界的大千， 等你打开
人间相行的美与偲[1]
孩子
你我交融成必不可分的现在与将来
你的世界里， 我企你忘却我的存在
如果时间的边缘， 我注定好离开
这即便是我的爱
今天
落定你的世界， 微若纤埃

我希望你爱
初生时候草芡[2]的涓白
星光照映雏露凝叶的微稗[3]
我希望你
抱笃世界的情怀
忘绝灵魂的溰渨[4]
不为将来的将来等待
不为痴迷寻猜
如果你终需遇见， 为遥不可及的安排
这即便是我的爱
今天
我全部的爱

2017 年 6 月

[注释]

[1] 偲（cāi）：才能。
[2] 芡（chāi）：古书上说的一种草。
[3] 微稗（bài）：稗，小；微稗，指微小、弱小。
[4] 溰渨（āi wō）：溰，污秽；渨，长时间地浸泡；溰渨，指污秽。

落秋

清风徐洄落映的烟霞
水影小寒斜垂的黄丫
余晖昏沉
雏露初静向晚的沱溚[1]
秋湖, 弦月, 青瓦
飞鸟衔叶的喑哑
乔黄一杈
我与世界咫尺
相逢在你静落的刹那

2017 年 11 月

[注释]

[1] 沱溚（tuó tà）：沱指水湾；溚指水波重叠；沱溚指水波推涌的样子。

告别：写给落花的梦语

昨夜
悄然是春天未陈的梦语
我亦寻不到你留的痕迹
在时间里
潜藏下玄奥的秘密
安息
只当是一瓣飞花， 飘落风中的流离
只当是芳红， 随着潮露融入尘泥

明天
假使不再关心早先的相遇
未亟深情地别离
那是你
定许消逝了初逢清妙的灵犀
我们
在昨天拾起记忆
在今天学会忘记

2017 年 4 月

我爱你

我们的相遇， 是昨天留在今天的惊喜
没有早一刻， 也没有少一分的温蜜[1]
未来的愿景， 我们没有约定
对过去的忘遗
逃避曾经痴恋的痴迷
我们静待岁月
今夜
思念的来袭
不远千里
我爱你
我错过了世界多少人， 未曾错过的你

2017 年七夕

[注释]

　　[1] 温蜜：温情蜜意，情意温柔亲密。

情书

说真的
我就想在未被生活打败时
为你
写尽我最浪漫的句子
给相遇命好我的名字
在这样的世界里
假使
记忆的消逝
未曾惊素彼此
我们安定好愁踌[1]
世界与我的慕思
我与莫名的䍩[2]痴
不闻不识
不期不至

2017年2月

[注释]

[1] 踌（chí）：古同"踟蹰"，徘徊不前的样子。

[2] 䍩（mí）：深。

初雪

你从云端落下, 落下昏黄的长灯
轻触人间, 喑哑, 在枯叶未落的枯藤
我等待, 明天醒来的早晨
脚的印纹在岁月里留下时间的唇痕

我听你, 一层一层堆沉
夜未醒的时分
我们将旧时光封存
等待一个不期而遇的人

2018 年 1 月

梦

太阳的光， 温红
我在泊口等
你的白帆和来风

我托人问你的清晨
你是否也会打开来
今夜， 我碎零的多情和梦

2017 年 11 月

青海湖（一）

黯寂薄暮里
我是你夜幔下落空的星
飘寻，你迷蒙的忧愁和欢喜
我灰暗的光辉纵如入海的雨滴
穿透过清纱，冥望
依旧企希望见眼睛下别样的你

我们在各自的黑夜寻觅
祈望相逢自己的影子
或许，我印不进世界，世界亦印不进你的心
何必在意
你我的世界里
本就装着一个不可原谅的自己

2016年8月夜，青海湖

青海湖 (二)

零落的星河里， 夜黑得广阔
经幡浮动
草在风中的轻趵[1]

我一无所有

在初醒的清晨， 我打马奔过
经幡浮动
草在风中的轻趵

2016 年 8 月

[注释]

 [1] 趵 (bō)：象声词，形容足踏地的声音。

尾声

我的影子落下在人间
把昏黄的光摊开在地上
长灯暗下湖面倒映的枯杈
夜露凝结
初寒忘记在前夜， 与秋天深情作别

假使我不懂得
我拼命爱着的这样世界
在未曾命好名的岁月
我等
你留下给我的记忆， 淡却

2017 年 11 月，未名湖

孤独

与生活言归于好吧
对将来的明天， 我不悲不欢

秋黄与他的星空离开的夜晚
我与一个善良的我陪伴

2017 年 11 月

秋逢

明月落在水的中央
灯火，陪着叶深深印进秋黄
就是这样的晚上
我的思念泛不起微澜，觉觅不到你的回响

秋声轻寒，葀[1]露泄露了你的步履
你我的相遇，掩藏不住温宓的欢祈
倘若我们同在等这一时刻
我们遇见、相视、沉默不语

2016 年 9 月，于未名湖

[注释]

[1] 葀（nǎn）：草名，葀草。

黄昏 (一)

你脚步的息屏
我听
你落下,光影在如霭的霞间, 散的轻盈

我们在一个不知名的世界的边境
等待
等待世界归于平静

2016 年 8 月

黄昏（二）

如果， 明天， 美与记忆失散
你忘记了悲悯与欢笑的温甜
我与世界与你的牵连

如果流年终浓烈过往的幽幻
我们逃不过时间的潜延
我已变， 世界未变
世界变了， 我却不变

我燃尽我最后朱红的光转
留下给你
我走后最奢侈的夜晚

2016 年 8 月

雪 （一）

你每一分缥缈的落寞
都是我相思的印褶
在芬发的光影， 在你最美的星河
我把我埋下来， 甘作你梦的陈稞

我静静数， 你散落时的浅搁
是我最平凡的爱啬
当轻风拂， 当你杪旋地轻嚗[1]
你从来， 不告诉春天， 不诉说， 与我

2016 年 11 月，初雪

[注释]

　　[1] 杪 (miǎo)：微小；细微；杪旋指雪花掉落时在控制微弱地旋转；嚗 (bó)：象声词，形容物体崩裂的声音。杪旋地轻嚗形容雪花翻着滚掉落并发出沙哑响声的状态。

雪 （二）

早先是寒敲窗阁
早先是琼思飞嘿[1]
我们的身影，散落
　　在彼此世界里
　　　　在人间
消，默[2]

2017 年 1 月

[注释]

[1] 嘿（mò）：安静无声。

[2] 消：消融；默：沉默。

落樱

白云在波的萍泊中抱紧
青石上， 游鸟微闭着眼睛
飞花撒下自己的荫映
雏叶初啜日月的光明
四月
惊不醒心梦轻逐的行吟
我的听闻
或许是风划过的身影

悄落是时间不说的秘密
春天亦未告诉我你来的消息
吝啬， 是我爱这个世界的含义
沉默， 比你的呼吸更熟悉
相遇
如果本来就被允许忘记
新翻的故事里
请为我写下素雅的淡笔

2017 年 4 月

街灯

还不那么长的街， 还能数清的黄灯的光缕
　　　　　　　　　那时
你手指划我掌心的痕迹， 脉络清晰
　　　　　　　　抹不去
　　　　　　莫名的年华里
　　　　　　　　假使
我们重遇， 在故地
　　　　　你会多少次想起
我们相爱的年纪， 曾经的我和你

天亮灯就会停， 慕思就会分离
　　　　　　或许
我们只是都在等老了， 回忆
　　　　年青时侯攒下的悲喜
　　　　带着阑珊的倦意
　　　　　　等
　　　　　光阴堆积
　　　　　你可曾记得
那一刻纵然分别， 不忘说的一声爱你

　　　　　　　　　2017 年 8 月，西安

三行情书

我把写给世界的
写给自己
写给你

2017 年 11 月

听雨

叶渟落津[1]
　　雨里藏着
　　风的柔情

我躲在角落
　　听
你影子靠近的声音

或你忘了苏醒
　　爱
纤如尘埃的生息

2014 年 6 月

[注释]

[1] 渟（zhǐ）：水滞留；津：水、汁液。叶渟落津描述滞留在叶上的水汇聚后掉落，像叶子吐露的汁液。

秋 （一）

我情愿化落叶一片
我宁愿离开我依恋的母体， 为你
陪伴你消融泛黄的稠密的悲思

风轻轻地， 轻轻地舔舐我肩扛的甜蜜
你的轻柔碎零了一地
我伏下身来探询你告别的消息

2014 年 10 月

秋（二）

风， 是不鸣的影子
那波萍未满时
细缕的柳
太美的轻喃也装渗不满空的逸思

哪怕你是赤身的体
也不必羞于整理初时逻辑的名字
当你不在， 就算秋月沉迹
孤的独舞译不成诗

2015 年 9 月，于未名湖畔

秋 （三）

如果你的忧伤
是风里摇不碎的铃铛
我爱怜着， 那一波萍碎零的落黄

倘若秋红不染清波的柔漾
暮青不解轻烟掩霞的悲悯
谁来为你呼唤， 谁愿为你甘作对月长啸的狼

你不需感染我， 亦不必焦豫
爱， 本来就不迂于有无无有间的若恍
我依旧来， 我依旧欢喜在寂寞里迷狂

当你卸下容妆
乔叶婆娑， 轻舟， 落月
虽无韵成律， 亦为我之绝唱

2015 年 10 月， 颐和园

秋（四）

楸黄是秋寒的流邋[1]
夕曦[2]西归
叶落悄息
我如你击水的萍漪
追忆
相期断隔在音尘的灵犀
假使我们的闻息没有别离
今夕何夕
你的相遇
让我忘记了痴迷

2016 年 10 月

[注释]

[1] 楸（qiū）：树名，楸树。邋（lí）：徐徐，缓缓。楸黄是秋寒的流邋指秋寒慢慢浸染，致使楸树的叶子变黄。

[2] 夕曦（yí）：夕阳。

忘

  我们无法忘掉的不是过去,而是未来;我们失去的不是现在,而是期待。我们忘了对方,无言,昨日已成旧人。

——题记

记忆的路
开始慢慢远了
以何名之
我们相视
无言
无言的故人

2017 年 2 月

我有一个爱恋

相遇本来就是这样
了无痕迹地匿闻
来去，去来，往复过往
抑或注定
我们归回生时孤单的来程
回忆
自我悲悯的遗赠

我有一个爱恋
忘却比思念沉重
初逢
亦在时间的潜漫中消融
默息是长盼无由理的愲惶[1]
有一天
我们涕泪纵横
有一天
我们开始谈笑
眷怜
恰似一阕惊鸿的梦

2017 年 2 月

[注释]

　　[1] 愲惶（mǐng chěng）：意不尽。

城

我离开过一座城
　　　　奔
逃向另一座
莫名的情怀里
　　用疲顿
忘掉记忆中的一个人

　　　　如若
失去的已经失去
失去的不再失去
往复中沉凝的绝默
我与你丢失的瓜葛
　　我们之所得
　　　终无所得

2017 年 2 月

雪夜

星星照进黑夜
沾湿的落叶如蝶
黄草丫铺展开孤独
把大地与天空合为一页
书写成迷蒙的音节

我翻开你翻过的书页
归整好曾经的折叠
我的泪水
在二月
凝结成雪

2017 年 2 月

樱

风轻了赧红的微扬
光缕托映在湖上
慢下来
回荡如烟的柔漾
黄昏尚未开放
影子
把思念缓缓拉长

倘使你我都不再遗忘
一封未成的诗行
你写给我
将愿望放进蓓蕾的梦床
我守候着
此刻
听你划过云端的喧响

2017 年 3 月

念

曛轮落下仓檐的瓦当
红霞的余味， 在远方
暗幕里轻藏
树下长凳的浅黄
你斜依我肩膀
幻与梦里
刻下一寸寸时光
无自思量
思念
难舍
难放

2017 年 6 月

四月

四月黄昏,过静园,偶见樱花铺满草地与道路,风起四处飞扬。感万物之惬密,触及心身,故作。

——题记

落樱的白蕊尚未铺满黄昏光影下的屋檐
在枝丫间流窜
在郁青未浓的草甸上奔与散
四月
在风中舞

倘若岁月未曾急亟消散你来时如梦的轻软
又何必想望不曾约定的遇见
又何须倾寻记忆里昨天丢失的嫣然
相逢的刹那, 在四月
你已占据我所有想念的时间

2016年4月,北京大学静园

落叶

把我的思念写在梦的扉页
当一陌纤虹[1]揩后
当你还不曾来
当风已拥入我怀
我掉落时分的矜默， 你不必小心踩

飞鸟不衔我回巢， 你不必在意， 我妄慕的哀鸣
一颗绝默的心
一哆不曾打算的修行
一分不愿衰老的命
我们， 就在怨与不愿中沦沉

2016 年 1 月

[注释]

　　[1] 纤虹（hóng）：虹，指飞的声音；纤虹，形容落叶的声音。

昨天

  如何把给昨天爱过的人说过的情话，说给一个今天爱的人？如何陪今天爱的人经历，往复爱过的人的浪漫与温情？我们分离时，我们爱恋；我们记得的，我们忘记；我们痛恨的，我们成为。在昨天，我们说过的；在今天，我们依然说。难道这就是爱情？

——题记

小心翼翼把时间整理整整齐齐
在昨天
我
忘记了你
你我曾经无法潜逃的记忆

萧寒爬满星空的风衣
今天的生活里
我
如果我能想起
把说给你的温情，再说一遍，给自己

2017 年 12 月

春雨

我躲在楼阁里
等待，你，来临

清漪倒映，春纹悄寂
柔嫩的声息，温宓

风也不曾扰乱我的思绪
轻如花影

我仿若丢失了自己
忘掉了还有这个世界，有你

2015 年 4 月

无题 （一）

倘许你可， 我愿作你发梢的风
每一丝缕的轻， 都纷繁入我步履的行踪
我不许他人， 笔画你妍开时的葱萌

你影子里， 那藏着春的娇容
温婉， 化作血气土地里的柔
轻盈地舞， 肃穆的池也伴排着泙泙[1]

我定许来， 只要你企， 若蒲公英定扑向泥泞的田埂
在你世界， 我只做天真的孩童
只要你企， 我定许来， 只为相逢你来时的梦

2015 年 3 月，记圆明园观柳

[注释]

　　[1] 泙（pēng）：水声。

无题（二）

> 游北海道大学，遇秋林，见阳光相衬，印于流水，感之和谐，故作。
>
> ——题记

假使
运命的祈愿眷怜将途的痕瘢
我们
相守妍阑的河川
秋黄落散
陪伴
美
归之于卑微的人寰
遇见
难以安眠

2016年10月，于北海道

家

我将崇拜放下
不再害怕
我便开始慢慢长大
我原谅了你
妈妈

妈妈
我原谅了你
我便开始慢慢长大
不再害怕
我将崇拜放下

2016 年 10 月

晚秋

霄寒清罹， 黄印轻宁
落栩[1]不属于世界， 与我， 与你
你我注定在孤寂时候相遇

寒凛悄溢
如果， 时间不伤悲的来迟
我们都相信
那一叶秋藜
爱过自己
曾经， 坚定不移

假使， 你我的别离里
我的离去悄无声息
你是否拾起记忆我的爱意

2016 年 12 月

[注释]

[1] 栩（xǔ）：落叶乔木栎（lì）的别称，这里指栎树叶。

诗

> 前些时日,有友问意象诗歌之追求,思之甚久,顿觉以予诗之追求答其大意甚好,故作。应无所住而生其心(没有留恋、没有执着才能生出慈悲心)。
>
> ——题记

灵魂的艺术
诗
诗人的灵魂

优略包容,宁静而清醒
诗
诗人的苦难

2016 年 8 月

月

风走了， 星的影子依旧摇
雨露也散了， 伴着你柔弱地飘
我情愿等你
我等你来
等你赏我歌步玄灵之璈[1]
倘你不曾知晓
谁又在乎
一颗爱孤独如爱自己母亲的草

秋纹静了， 夜灯一漪漪往岸边靠
云也歇了， 留下你与我与一个宇宙的空寥
你若许我明朝
许我明朝
明朝为你的矜默绢描
假使你不曾知晓
你走后
谁来赴我欢笑

2015 年 9 月

[注释]

[1] 璈（áo）：乐器。

单之

操劳本是还孽缘的苦行
不闪的星星
日月的轮回也不信
单， 颂之愚兮
浪漫的诗歌
唱给那只最美丽的灵魂听

不论前世今生
凡尘的痴秉
过往亦无安于天命
单， 性之愚兮
谁来笑
一个不会飞的灵魂的苦吟

2015 年 9 月

告白：写给春的序语

　　　　　　　　　　　　我能为你写下的
　　　　　　　　　　　　永远是无比自私的我

　　　　　　　向你低诉，这只言片语凑成的短歌
　　　　　　　我的人生，我的信仰和未磨平的轮廓

　　　或许生命的迟暮，你我返璞，回到最初的时刻
　　　我们欢笑，暗嘱，把今天的絮语戏说

　　　　　　　　　　　　如果你知道，你不必懂我
　　　　　　　　　　　　如果你知道，你必懂我

　　　　　　　　　　　　　　　　2017 年 2 月

归雁

> 于北海道归国途中,见叶落秋黄,顿生悲怆,故作。
>
> ——题记

霞绯云黄, 叶落沧沧
秋风尚未吹透山岇[1]
雨露鎏溏[2]
喑零羽行
疲奔
必非出逃时间的愁鍃[3]

比遥远更远的是远方
比记忆温甜的是默望
我
抹不去对未来的忧惘
我们
无法作别怯懦的悲伤

2016年10月,于北海道

[注释]

[1] 岇(áng):山高的样子。
[2] 雨露鎏溏(táng):溏,水池;雨露鎏溏,指雨露慢慢集到小水池里。
[3] 鍃(chǎng):锐利。

父 亲

命运交付给父亲一个担
年未古稀
襞[1]褶交横，夹带着黄土地里日光热烈的芳菲，他的脸
年未古稀
襞褶交横，夹带着黄土地里日光热烈的芳菲，他的脸
一个跟头，父亲的康壮映在了年岁的记忆里面
前行，父亲担着担子，自若，安然

父亲的牵挂因劳顿，愈烈的憔悴而感伤
黄昏的霞光里还温存着嘴角的触动
父亲眺望东南[2]，心还系着远远的北方[3]
黄昏的霞光里还温存着嘴角的触动
父亲眺望东南，心还系着远远的北方
我和她们[4]渐渐地远去，去一个远远的远方
父亲知道，我有我的，她们有她们的，方向

父亲说
时间会把他抛弃，在岁月的车辄里
他的坟茔，淹没在荒草地，淡淡遗忘记
他的坟茔，淹没在荒草地，淡淡遗忘记
他说，苍凉的坟茔，遥望，向着远方
可以看见他抚育的未来的光亮

父亲说
就用那抔黄土泥将他埋葬
就在那方黄土地里， 封存他幸福的忧伤
父亲说
就在那方黄土地里， 封存他幸福的忧伤
就用那抔黄土泥将他埋葬

2017 年 5 月

[注释]

[1] 襞（bi）：衣服上的褶子。
[2] 东南：代指作者的姐姐工作的地方。
[3] 北方：指作者读书之地。
[4] 她们：指作者的姐姐。

流浪

何必倾陈苦途的过往
对悔恨歌诉迷狂
在时间的河， 命运本来就是注定好流浪
我坚定地相信
有一天，倘若我迷失了方向
我的爱人
定拾回我初生十分天真的善良

当穿越观点、 偏见、 传统和欺骗
怀着纯朴、 诚挚、 天真和信念
不必去想那虚妄的飘茫
有那么一天
有那么一个地方
有那么一个人
你终不需等

2017 年 5 月

日记

是刻意的纪念标识
是悲怨愁喜
黯湿的笔墨与字意

留下来， 你的消息
曾经
我们还未成熟的记忆

在别离时
想起
熟悉的温情梦呓

如果抹不去彼此的痕迹
心底
可曾用时间忘记

2017 年 5 月

失恋之夜

一封未及的信笺
只有我的名字
和我的地址
寄给一个莫不相识的故人， 我本打算
我把我的记忆归还

我没有泪水
夜的不眠
睡眼
和着曾经， 清晰与幽暗
往复， 往复亦短暂
我没有了泪水
就在这一夜晚
过往时光的凋残
时间的边缘
我的茫然
赶在了你的痕迹消失之前
或者我在我的世界尽头怀念
或者听心的呜咽和着泪的咸
或者告诉明天， 这样的夜晚

未曾说声再见
我们的别离， 在人世间
　　　　　今夜
　　　　　思恋
　　　　不再相见

2016 年 5 月

似是故人来

你的声迹
在安寂里潜漫
俱寞哗喧
离散
愁善
幽眷
我们相隔的距离
不仅是时间

如果
你我注定忘记天真的经年
有一天
在同一个世界里面
我们
别离
默息
遇见

2017 年 1 月

她

每一分挚诚的爱意， 都是我灵魂的落寞
来今生， 寻回前世本真的自我
倘许， 苦鸣也织不出巾帛
我不需向她画描， 情意的角廊
或许是生命临结之时， 她亦不晓
我不需企， 不需怨， 不需泪婆
亦不需苦痛地别离和不舍
微微一笑， 没有多的话可说
爱， 她不需晓我， 相遇即可

2015 年 4 月

命运

我家门前的路
我的爷爷从那里走过
我的父亲从那里走过
我该往哪个方向
我想
哪有看得着终点的路

哪有看得着终点的路
我想
我该往哪个方向
我的父亲从那里走过
我的爷爷从那里走过
我家门前的路

2016 年 4 月

十月桂花

我搂不住你发梢的香
听， 风悉说你的思逸， 飘荡

你的来， 慰藉时间的仓惶
秋霖遍浸也不再悲凉

我纤如尘土， 伴你的舞姿微漾
未如面， 美亦润湿了如醉的杯舫

2014 年 9 月，陕西师范大学雁塔校区

我们

曾经织成的梦的轮廓
我们
学着忘掉
如果把回忆当作挣脱

别离
或许开始懂得
曾经
在心底里留下一连串
最美最浪漫的传说
属于你我

我们忘不了， 如果
曾经
我的爱的漂泊
在人世间， 无处停落

2017 年 9 月

再见

我没有回头
你乌翠的垂纱， 依依
你掩颜的温柔， 零零
尽管， 你坚强地不再哭泣
我走后， 沉默自会封存想念的消息

生命的节流里
你记得也好
你还是忘掉吧
或许， 下一刻真的也不必再见
命运衰老时， 那自会成为黄昏下的留念

2013 年 12 月

夜

当一切都那么轻， 那么静
我听不懂血液流淌的声音

梦总是无规律地蹿， 无规律地蹿
每一片叶子都停留着露的晶莹

快看吧， 上帝的唱诗班， 装束完毕
流蹿的音符都是不死精灵

或许善与恶， 美与丑都陷入浑浑
在夜的怀里， 不必洗清畅惘的罪行

2014 年 10 月

再见吧， 记忆

或许， 风已传递我绝望的信息
或许， 黄昏也抹杀了幸福的秘密
不要哭泣， 不要哭泣
时间风干了， 回忆迷离的痕迹

你依恋的讯息， 深深动触我的心底
哀默的创痕， 我亦需忍受曾经快乐的迷离
不要哽咽， 不要哽咽
漫漫的夜啊， 已无需来将我心空寂

你的欢乐是我去了面具的苦戚
斟满酒杯吧， 爱也与迷惘同席
再见吧， 再见吧， 记忆
无需再于梦里， 封锁你想念的消息

2014 年 3 月

云朵

我长相厮守的渴念
甜蜜， 在彩云间

灼热的亲吻将爱紧锁
灵魂轻轻地融合， 不是欲念， 你我

2016 年 5 月

青春 （一）

我愿从你的脸颊滑下， 来凡尘
作一滴多情的泪水
菏泽， 爱的蔷薇

我愿在无限的风光中， 悄悄死灭
丈量， 梦与精神与灵魂间隔的世界
纵使， 我命如荧蛾， 亦如飞蝶

我在孤独里待爱神的扶携
进与退的憩歇， 命运与时机的注解
我命如悲歌， 亦如阊乐

2014 年 7 月

青春（二）

我在青春里听， 迟暮的呼声
生活的困倦， 梦与自由的担承
闭上眼睛， 忘掉吧， 忘掉一个灵魂的觉醒
我丢失的， 在街角， 在昨天
理想与精神的平衡
青春里， 埋头奔
我独自， 将幽暗的倒影
落在绝默的红尘

我高人间八尺， 灯下
夜风吹不动昏黄的钟
在黑夜里， 睡下吧， 倘若没有风
如果， 在黑夜
时间化作了一堆低矮的枯冢
落叶在明天早上枯黄， 枯黄在露水里渗入风尘
磷火， 在无迹的土堆上， 燃起夜空里星辰的梦
我在青春里， 在今夜， 等
历史开始的时候
我们， 还未互道的珍重

老了
架好的木柴堆， 烧掉一个破碎的梦

2017 年 8 月

灯

倘若春花的月影也画不出时间的溢坒
在这样的世界里
一个寂静的角落
等待拉长了思念的每一时分
风惊不醒， 湖的丝纹
倘若真是这样
又何必苦求寻遇一颗飘若的灵魂

你何须辩解心意的真诚
凡尘所相
过之以往
就算你不增染晚霞几分暮暗的气氛
影子轻触湖面， 孤独亦如贪恋黄昏的昏沉
倘若你爱你过往莫名的行人
我又何必作你世界的风尘

2016 年 6 月

春雪

如果风不曾吹动你初醒时的纷呈
枝丫也不再掉落你绵密的轻盈
如果春天不曾埋葬温柔的魂灵
我也不再计划明天的行程
你
又何必关心绿芽成荫
如果真是那样
你亦不需在乎， 我蹒跚的苦行
我伫立人间， 在风中听你的倾陈

2016 年 4 月

生活

为什么我们要生活得如此匆忙？
饥饿的愁肠，
动牵着决意为饥馑的感伤？
生活似乎注定故此的流浪？
流浪
这就是生活吗？
倘使灵魂牢困， 晨曦依旧升起， 在暗夜身旁，
我们的赞美诗， 亦对清楚， 樊唱。
为什么我们要生活得如此匆忙？

为什么我们要生活得如此匆忙？
我们的赞美诗， 亦对清楚， 樊唱，
倘使灵魂牢困， 晨曦依旧升起， 在暗夜身旁。
这就是生活吗？
流浪
生活似乎注定故此的流浪？
动牵着决意为饥馑的感伤，
饥饿的愁肠？
为什么我们要生活得如此匆忙？

2016 年 4 月

未名

初至燕园,恰适初见未名湖春景,有慨于过往,故作。

——题记

你不必在意, 我生息
亦无需来猜度我们的相遇
或许是, 爱并无由理
我醉沉在, 有你时世界里的惬谧
我来,
只为此刻的相遇, 与你

哪怕我奔寻千里, 你亦不必安适我倦意
你安然的生, 便好
那如镜的湖, 本就是倒映真实的我和你
我乱了的情丝, 不需理
你回首时
风已远了, 我翠微的步履

你是忘了， 还是暂时想不起
你的名字
不需懂， 已不必知
噢， 你是
亦便是爱神在这孤独的土地种下了的， 柔情的相思

2015 年 3 月，未名湖

拿什么来爱你， 我的爱人

倘若地老天荒只是人世沧海的浮尘
倘若苍惶的黑夜里， 我只能为你寻到漫天的星辰
倘若摒弃爱的俗尘，
相爱， 却寻不着前行的灯亮与南针
相守， 却面对这冥茫的前程!
漂泊才是爱的命运的女神
那么， 拿什么来爱你， 我的爱人

我只能这样爱你， 我的爱人
你若感水仙， 你爱那星夜，
我便化莹澈的露水， 匍匐在你的花唇
晖映这星夜的晶莹。
你爱那弯月，
我便化浅蓄的水汀
将你的妙影和月映印。
你说你迷途在沙漠里，
我便作那迷醉旅人的驼铃
伴你越过绝望的黄昏， 直至绿洲的清晨!

拿什么来爱你，我的爱人
我比青鸟的殷勤
醉沉在你的柔情。
或许朝朝暮暮的依念，
当是我们爱的魂灵！

2016 年 4 月

恋——献词

如果我还爱着那样的一个女人
我情愿割下我的耳朵
我狂虐地把我心的城堡筑高
求上帝给予爱的哀愍与许默

倘若我依然疯狂的爱着这样的一个女人
我情愿做无能的盼望， 也驻守在上帝前的起誓
我无力的把持， 任流言燃尽我绵密的愁思
你的美却已在无限的风光中静止

2012 年 12 月

雨中

若许我一生都沉醉在一个横无涯际的梦里
若许我不该着急地去邂逅一场莫名的相遇
　　　　　　你晚来时候，我不去悲
　　　　　　　你来，我亦不必喜
　　　　　　　你随风拥入我怀里
在不辨梦境时分，我还是我，你还是真的你

　　　　　　是谁初掇你轻纱的裙衣
　　　　　　是谁狂喜你如织的绵密
　　　　　　　　我不为初见惊异
　　　　　纵然，人们都沉在同一梦里
　　　　　　　　　他们梦着明天
　　　　　　　我只梦此刻翩然的你

我未曾断想，风的纹络为我倾欣拂萍
为何你却偏在我轻柔时候抚我身心
　　　那清塘已然将你婉妍寒澈
　　　我亦被这雏生的葱蒙蹈盈
欲滴的翠冷是我未曾滑落的身影

　　　　　　2015 年 5 月，未名湖，雨

门

你没来叩响
我的门上没有光
你说洒脱
多红艳的漆也漆不上

或许你忘了， 我为你铺途的幕阳
我未及梳洗娇邪的淡妆
纵你不曾赏
我亦等， 你谈笑我痴行的愚望

倘轻风告诉尘埃告知你我方向
那么一个地方
那么一个人
是我全部最纯粹的念想

2015 年 8 月，北大静园

时间

我把最美的文字拼凑好兴叹
洒成一地， 等生命回光拾起的留恋
或许必须要讲给， 为了后来人的慨感
你记住吧， 听我说
这就是将死之人舍不掉
这就是活着也忘不了
时间， 究竟为了什么
相逢， 太早
相识， 太老
忘绝， 太小
自以为是地放下
在不知的时间
我们， 开始学会， 相信遇见

时间啊， 时间

在记忆里， 洗脱过往的痕斑
在过往的长河里， 写孤独的序言
永远终不是你我的嗔念
我们
在以前想起从前
在将来怀恋今天
终于， 呵
昨天太旧
今天太短
明天太远
灵魂的边缘
我的自私的爱恋
与世界无关

时间啊， 时间

2017 年 11 月

未名湖

你的发丝在风中舞
是风的软
是云的暖
是嬉笑， 是淘气地闹与追与赶
我只梦着那一瞬间
风散开你的髻
你真的太美
初暖的春阳， 也已然多情地泛羞了柔润的红靥

2016 年 3 月

最后一章

为什么?
这世间一切的一切, 仿若,
都必须要, 遵循历史的规律, 你我。
逃也逃不开,
开场时便选好法则,
在这个世界里, 仿若有你就会有我。
可又为什么?
是这样的你和这样的我。

我被千百年过往的愁云紧裹。
你我往复的许默
用今天完成, 自我, 无声的言说。
如果注定与相遇的时间完美契合
可为什么?
你我本来的惊叹, 用过往错过
为什么?
你我的相遇会造弄这样的我。

2016 年 6 月

下编

旧格新词 心怀状观

秋月

瑜湿雨潮浅,
月晚秋寒玕。
朝别行影客,
何复共玉盘。

2016 年中秋

题北京大学红湖石坊残联

云横白露青檐起,
新洴浮柳风影低。
万缕书情遮过客,
一行烟意罔新题。

2016 年 6 月

即春词

万历旧岁余未温,
春将吐哺育新芬。
河岳英灵钟此辈,
国家元气在斯文。

2015 年 12 月

[注释]

"河岳英灵钟此辈,国家元气在斯文"镌刻于原兼山书院,楹联系清道光二十一年牛树梅所撰书。

初雪

薄幕掉晓寒,
霁罗覆新烟。
千雪寂风谣,
江清惹翩然。

2015 年 12 月

秋

时值中秋,然向晚遇雷雨,幸午夜云渐散,见满月,故作。

新盈云行婀,
穹雷缪纱薄。
影开闻忏漏,
眷怜近秋河。

2016 年中秋

读岳飞《满江红》

素纸淬中砚,
名愈未归田。
将军真性情,
何以问江山?

2015年4月

适怀禹弟留别

去年恰逢春行急，
落花尤难忆往夕。
影过春处暗伤惊，
依假残香忆马蹄。

2016 年 3 月

无题 （一）

别划无题学南生，
苦笑青鸟依殷勤。
借假作真真易假，
何向有情说无情。

2014 年 7 月

无题 （二）

自在悲凊惜沐猴，
小酌绿蚁醉苦愁。
乱指棉筝空弹怨，
恨不相思枕月楼。

2014 年 12 月

无题（三）

潺寒春柔冷嫩黄，
淼雨小斜细细长。
谁道相思无痕迹，
去年情长梦小郎。

2016 年 3 月

无题 （四）

卿知怜意故不识，
钟意散净始后知。
笑我十分名花怨，
三分薄情七分痴。

2016 年 8 月（七夕）

无题 (五)

昔朝罔忆识,
久别两不知。
明月如有情,
何若寄相思。

2017 年中秋

无题 （六）

夜雨昨宵夜雨深，
晴辉细润小荷媵。
何拨玉萍偷欢喜，
徐闻新风俎红葐。

2017 年 10 月

登香积寺予魏君书

苦禅清浊本无用，　陈香一炷了佛愁。
殷勤功德无唐捐，　何必福德请人谋。
香籍无非兰花指，　还误来人笑美人。
知世如梦巡入梦，　梦无所求为何求？

2012 年 8 月

答愈君项王问

君语楚王非霸王,
无情总为多情伤。
男儿何若羞痴情,
本来戎装依红装。

2013 年 12 月

辛卯二月夜

夜寒犹挑短灯檠，
免失斯文做苦工。
不惜流光空白头，
怎赖霜雪煞秋风。

2016 年 3 月

晴暮

泽光黑山半馀昀,
红晕薄浸陋柴荆。
凉月不寒贫人家,
一鞭残照醉晚晴。

2012年8月

春雪

千野风径清,
当空万雪盈。
霜飞百鸟静,
春草虫声林。

2016 年 2 月

古都歌

三秦开泰辟咸阳，　华云万里辞西京；
古来府都十三朝，　世纪风雨酝文津。
诗书尤抚节时靖，　今此汤铭三时新；
百尺鸾阁顾月楼，　文渊腔韵涵九州；
莫辞古都唤韵都，　无尽词律无尽诗。
千古王朝千古怨，　千古怨府多书生；
一书功名咸阳殿，　千年风雨长安城。
孙山功名愁无极，　满怀哭云黯天际；
洛阳岂是功名地，　衣食还需市井觅。
子弟千里拜皇堂，　黄灯明月作故乡；
一朝功成泪俱尽，　莫望封田万户侯。
由来文辞毫笔墨，　古都遗风昨日歌。
少陵诗篇鸣生苦，　青莲狂歌讽世诮；
哪识君皇唉噪怨，　文公武名工臣犒；
可怜夕阳埋风骨，　皇旨怨仇百步销。
凭倚楼栏风细细，　寒光残照雨寂寂；
他日汤池不御敌，　孤悲銮座黯然涕。
千里诸侯姒斐笑，　玉箸胡腔幽王矫；
烽火烟尘马道空，　金銮光寒老鸦吼。
秦王六合功盖世，　可惜百日焚烟光；
万里长城万里长，　安枕胡马逐仓皇？
何年何月赴古渡？　何地何人怡汉皇？
乔登华清品古今，　一带江山落日斜。

骊山池浴妃子沐，芙蓉亭头金杯舞；
牡丹唇露娇清光，庾舞阁暖艳朝堂；
公孙剑舞动四方，梨园弟子知君王；
兴衰且上马尾道，一番年号一代朝。
凭拂古木忆往事，当年随东渭水流；
四都大唐阊阖开，万国衣冠拜冕旒；
大明楼台郁残阳，上林阿房忆君王；
百代朝官兴衰事，瓦甍紫砖亦通览。
当年无字丰功业，乾昭风云陵中册；
朱雀丹砂旧画栋，凤池龙榻还御床。
江山不改风雨色，宫闱女儿依绒装；
不上九成宫头看，不知罗衾儿女长。
未央宫阁埃尘舞，梁雕珠翠流光渡；
遗恨句章几何存？藉藉江山摇落出。
坍阙尤存古玉砌，流照细叶绿光泣；
斜带飘飘捋风戏，东流未解诗酒旗。
古都和韵多藏娇，老叟赋歌遣闲聊；
曲江柳下诗词对，拜亭廊头古律煨。
出水新叶莲花睡，流露清风沁心纬；
世界无极才无尽，风流依允恭心追；
莫谦无赋怯对句，风流儒雅亦吾师。
月下浇泄风意意，俯瞑诗吟柳依依；
诗壇词句画影壁，唐韵一曲风雨凄。

秦腔知音小胡同，　青茶香温深里弄；
冥蒙摇扇怡歌赋，　不辞云闲锦官城。
古皇自命天子蒂，　福寿也祈小雁塔；
玄奘苦途向西域，　佛提经纶一慈恩。
晨钟楼上晨钟寂，　暮鼓殿前未人鼓；
钟鼓城垣盛华在，　不负当年诗书气。
骊山晚照咸阳渡，　太白雪沏草堂雾；
游旅名迹皆知典，　指点辞章窅然识。
三市字玩艺里论，　魅影画皮曲中谈；
护城池中窥日落，　无限楼阁载画船。
江山青石尽成恚，　愁心无眠酒一杯；
天如无恨也垂泪，　月若有情月亦醉。
今人未见古时月，　今月应似旧时缺？
霜露秋纹弯弓月，　国艳春睡海棠花；
诗界千年风流韵，　惟有风采古今流。
晚雨初霁月初润，　弱风带露病柳藤；
曲池弋舟孤垂月，　洪流暗波和秦声。
昨日玉玑昨日嚣，　半缘世事半缘謿；
古都古今沧桑变，　汤铭四时新容颜。
七十二峪波阑干，　八川英灵锺臻贤；
膏腴天府盛美誉，　陆海丰饶笑世迎。
物阜民丰庠学兴，　千古诗赋文明庆；
玥世物技蓄关中，　通元文化融甲子。

苑莸郁郁傍终南，　懋德陶陶树才人；
河岳英灵钟此辈，　国家元气在斯文。
懋德新化词韵叠，　僁笋伖伖勤精业；
新风新雨新气象，　新府新市曳盛唐；
九州康泰兴古邦，　一泻江山娇夕阳。

2012年10月

思 乡 曲

风转暮池千浪翡，
筊惹锦霞槚藤危。
落黄无情埋青骨，
西阳载得几人回。

2015 年 12 月

春怀

朝起屏露听杏花,
风夕吹愁几人家。
昨夜清箫吹不出,
相思莫仇恨天涯。

2016 年 4 月

曲池逢萧

一解书剑君莫笑,
沽酒芦中解愁焦。
千里夜路念知己,
独醉月下断肠啸。

2015 年 5 月

读《观沧海》有感

日暮黄钟祭青山，生非容易死非甘。
洪波暗逐英雄去，骠骑列旗待将还。
千秋功业思千垂，百代治世未百难。
一肚豪肠赴将军，捷战岂止武夫胆。

2015年10月

再听《文王操》

江山烟雨五弦华,
衷宇吞吐丹心纳。
何非琴音弄玉指,
浩然平拨愧续跋。

2016 年 5 月

忆李白

词文一斛醉八千,
寂寞哪堪对愁眠。
天下何人解此意,
千秋万岁冠盖怜。

2017 年 11 月

伤仲永

一行余歌嗟仲永， 大才也贪恋浮荣；
数历节气勤桑农， 燕穗莫急一日功；
灌红未曾羡沃土， 秃木哪堪宿鸾凤；
金鳞尚且龙门跃， 燕雀岂可称大鹏。

2016 年 9 月

月下独酌

孤月空悬镜,
星瀚泛影轻。
风冻霜乔叶,
何若惊行吟。

2017 年 1 月

忆师

西席正化承先贤，
岁月催丝以千斑。
勤工千锤玉琢器，
与君哪堪共华年。

2016 年 9 月

与覃君书

祈慕凤巢万木枯,
涎馋鹬蚌风转舞。
金鳞尚需龙门跃,
不可妄名学鸿鹄。

2016 年 10 月

茶饮

独善人寂处，
细听风轻逐。
小春催嫩寒，
流露枕垂芜。

2017 年 1 月

煮茶

水煮茗和雾晕花,
清漓泇泇香温樾;
观心自在何忏怒,
慕隐亦儒亦风雅。

2018 年 1 月

夜访终南与友题答 （其一）

灯印寂水影欲出，
清风初捣月半舞。
小楼重与故人聚，
独剩南山野竹疏。

2016年8月，与友释延勇、李轩于终南南五台

夜访终南与友题答 (其二)

夜深茶盏半,
香断红帘卷。
羞问无心客,
事往旧人谈。

2016年8月,与友释延勇、李轩于终南南五台

即秋吟

悄黄潜寒深,
纤霖欲过闻。
西风催行客,
暗嘱语吁嗔。

2016 年 10 月

师

百辛苦味甘,
执席教正贤。
竭怀勤孺子,
何复如盛年。

2016 年 9 月

绝占重阳

各为南北两分分，
摆折书音觅旧谂。
暗嘱秋风问高楼，
与饮菊花共几人？

2015 年 10 月

秋信独读

摆褶书音旧笔深,
独烛涕泪无人抆。
昨夜风轻惊落雨,
应寄秋梦催蝉声。

2018年2月

春雨

绿藤青木槿，
新苔嫩春心。
雨疏轻漪起，
临风听草鸣。

2017 年 4 月

朝别长安辞故友李君

借说笔塞音绝书,
斑上青丝意懒顾。
春风吹柳解千条,
应似去年草欲苏。

2018 年 2 月

虞美人 曲江听流水

月浮溏沼初阖昼,斜柳怜妆瘦。沉潭风舐润垂绒,无奈一江春流太匆匆。

几度壮图韶华韵,寐梦容颜遁。遗事丹青随江东,都付苍山青石笑谈中。

廿五感怀

　　长街黄灯，人稀风冷，形影阑珊。即行旅三载，心怀万倦；情卑脾乏，黄珠难安。奔图穷劳，行之经年，屈惜妄菲前先。也说我，笑风华旧编，孑客淡欢。

　　当年壮志长安，但凭风华意气豪谈。怀丈夫万千，坐卧智殚；瑶配珠冠，行之何难？逻竭空梦，摒绝忧端，笑看垂老蝉变。心尤惧，忘惘盲岁月，空途少年。

附录

诗友评录

发于至诚，神游于魂魄

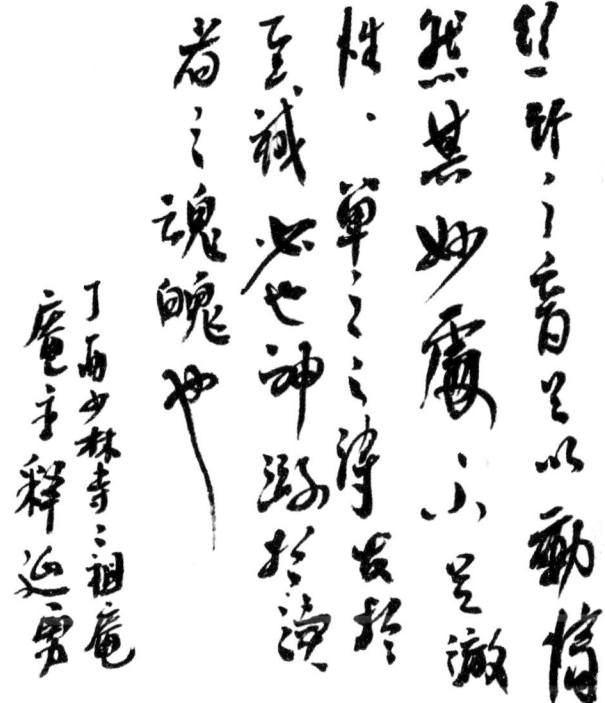

丝竹之音足以动情、然其妙处不足以激性！单之之诗发于至诚、必也神游于读者之魂魄也。

释延勇

少林寺二祖庵庵主、少林棋院院长

超凡脱俗的"诗创造"

  置心单之的《情书》，如同精神沐浴，一流湖光，一场夏秋之风、花香飞扬……飘散……心与《情书》觥筹交错间，恍若梦中，百感交集。

  单之的诗是从心灵流淌出来的真和新和自由，他天生对语言对诗歌有一种敏感，冥冥中仿若被一种神奇的力量驱使着，对语言进行淘洗和锻打，"我的影子落下在人间/把昏黄的光摊开在地上/长灯暗下湖面倒映的枯杈/夜露凝结/初寒忘记在前夜，与秋天深情作别/假使我不懂得/我拼命爱着的这样世界/在未曾命好名的岁月/我等/你留下给我的记忆，淡却"。他使自己成为语言的巫师，使诗歌成为语言的炼金术。《情书》展示了诗人单之的才情，充溢着催人泪下的爱的情怀，这种爱，从昨天，向今天，向亘古的天地间漫开着，漫开着……

  单之有一种独特的"创作想像力"，《情书》是一种超凡脱俗的"诗创造"。

中国作协会员、济宁市作协副主席

一个真性情的诗人

初读单之的文字,极容易发现他拥有一颗古朴的诗心。在序言中他向读者敞露心扉,把自己对于诗歌与自己创作的理解和盘托出,以便读者更理解他以及《情书》,这也不失为一种坦率,是十分可爱的。

或许是作为理科生的独特优势,单之对于词语的理解和创造性的重新组合有着独特之处。词语不再只具有日常语境赋予其单一、固定化的意义,词语本身是活的,它与另一个词的联结产生的将是化学反应。这种别致的词语选择和使用法,使得读他的作品是一件"曲折"的事。也许读第七行的时候,你必须回过头再看看第三行;而有的短诗读完以后,会给人一种清雅的回味,仿佛又回到新诗发端时期那种质朴、鲜嫩的咀嚼里。而当读者对照着读完"下篇"中的拟古风作品之后,会报之以微笑。

《情书》探讨的是所有人都无法回避的话题——爱情。时间对其施加了怎样的影响?"我们的相遇,是昨天留在今天的惊喜",在不温不火、温文儒雅地叙述口吻背后彰显的是作者相应的精神气质。这或许是单之徜徉古典诗词世界所攫取的丰富涵养。古典诗词透露的是一个"真"诗人的情怀、抱负和格局,所谓胸中有沟壑。"千里夜路念知己,独醉月下断肠啸",从单之的作品中,我们能够看到活跃在书页及书页背后的是一个"真性情"的诗人。

愿这本诗集能够向天上的明月一样,照亮在爱中的那个人。

中国诗歌学会编辑出版部主任、《中国新诗》编辑

俊才，当如是也

　　辛未年初，中华大地，改革春风拂九州；
　　蚕月时分，草长莺还，伟人故里英杰诞，
　　彼时垂髫，常耕于野，长浴日月之辉煌；
　　再入学堂，漫翻书卷，法从古今之圣贤。
　　及至弱冠，负笈长安，离乡背井路漫漫，
　　四载菁华，穷经皓首，挥洒汗水于实验，
　　八方寻知，笃定坚毅，君子挚友遍天下，
　　终有所成，厚积薄发，雄姿英武入京华。

　　吾弟单之，本性纯善，身处喧嚣尘世间，亦难见得铅华染。曾语"吾之为人，当儒外道内法己"，深以为然，念念感怀。吾弟单之，本理工一直男，然心怀悲悯，情忧万家，未名拜水寻真理，少林枯坐问春夏。吾弟单之，尚未而立，竟累诗百余，付梓在即。点滴文字动涟漪，一波更比一波去，少年篇章思无涯，一寸勤得一寸喜。

　　所谓俊才，当如是也。

戊戌年春

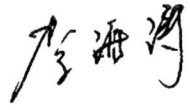 北京大学—早稻田大学（联合）　　博士

　　　　　　　　　北京大学光华管理学院　　　　　EMBA

　　　　　　　　　北京大学《北大青年》报社前总编辑　博士

这个世界，我们来过

  刚接触"单之"这个名字，以为"单"读"shan"，后来被博士小哥哥纠正为"dan"，便联想到孤单、寂寞，再追问，又不是这般的落寞，一如他诗里写的"单，颂之愚兮""单，性之愚兮"，我所理解的，大约是"大智若愚"的味道，是他为人处世、待朋接友的极佳阐释。"单"是"一"，而"一"即万物。画家石涛所构建"一画论"的世界里，有着万千的想象空间与无尽的畅游未来，这种印象或许就如同品味单之的诗词意境那样，蕴含世事纷繁的人性不古，蕴藉自然未然的跌宕流淌，蕴藏情动转瞬的似有若无。

  与单之认识是在去年年底，当时我在某校友群里发布"随艺说"120周年校庆视频拍摄的招募消息，小哥哥很热心地追问相关事宜，私戳微信成为了网友。后来虽时而互动点赞，但直到参加"红爹之家"组织的新年公益活动，观看了他与搭档的诗歌朗诵，我才意识到理工科出身的他竟对文艺诗词的理解有如此深的造诣，暗自叹服。当他提出要出版一本诗集的时候，我丝毫不感意外，并以为理所当然，似乎这才是北大学子应有的独特情怀与浪漫柔情。随后我对单之出书的排版提过些许建议，包括加入我所创"随艺说"团队[1]的设计总监窦菲女士的绘画作品，以达"图文并茂"之意，以期在诗歌出版的文创领域有更多的探索。菲儿是我的本科密友，毕业于四川美术学院，与单之出生的大西南有缘，再加上她性情沉稳、内外兼修，绘画作品的恬静气质与诗歌十分契合。就整体效果而言，《情书》的完成是令人满意的，并值得人们赏阅把玩。它像一份礼物，送给每一个懂得情爱的精灵，它又像一座灯塔，时刻照亮那片孤独的黑暗。

  在这个时间与空间极度碎片化的快餐时代里，谈诗是奢侈高昂的；在这个灯红酒绿、醉眼迷乱的浮华世界里，谈诗是自恋轻狂的；在那些情感脆弱而又充满了信任危机的人际关系中，谈诗是备受质疑的。但我们的生活确实需要诗，就如同我们的生命始终需要歌唱。在诗与远方的路上，我们一同陪伴，一起度过，哪怕只剩下你我，也要傲娇地喊出：这个世界，我来过！

最后，请致敬未名湖的诗人吧！因为潜在水底的灵魂不一定能适应水面的温度，沉静敏锐的内心不一定要让所有人读懂并仰慕他的文藻才情，但在这个诗歌快被遗忘的时空里，有那么一个声音时刻提醒着我们，水草依然鲜绿，青春依然绽放，生活依然缓缓前行……

北京大学艺术学院硕士生

北京大学全球大学生创新创业中心随艺说项目创始人

北京随艺雅阁文化传媒有限责任公司 CEO

[注释]

［1］笔者所创建"随艺说"是中国首个文体艺术分享平台，北京大学全球大学生创新创业中心首批入驻项目，是在"随时艺术"概念辐射下的文创品牌。该项目背靠北京大学、中国音乐学院、北京电影学院等专业资源，通过打造高校版的"中国好声音"，致力于美学生活化、艺术公益化、经典流行化的奋斗目标，培养推送"五好青年"，让每个人都有可能成为艺术家。

百名读者评语荟萃

1. 未名湖是个海洋,诗人单之就藏在水底。

签名 北京大学 博士

2. 自春至雪,从昏到月,如未名湖的水一般,流过每个人的芳华。

余跃洲 北京大学 博士

3. 偏爱于《情书》的写景,未名湖之垂月,细柳之浮影,澈底澄莹;诗行又并未拘泥写景,情感表达亦可状景,使人身临其境。

陈熙邦 北京大学 博士

4. 最美的时光,最好的北大。

雷明昊 北京大学 博士

5. 单之的诗歌写得很清晰,让人能于浊世之中寻得一份内心的安宁,寻得本性最初的纯净。

莫文辉 北京大学 博士

6. 《情书》对景、物的描写多从内心感情出发,善于抓住时空变化,却不娟描意境,其情绪、想象与风格带有着浪漫艺术的气象,亦具有写意国画的表达风格。

邬晨 北京大学 博士

7. 诗人常以我化境，落叶不再是简单凋落，夕阳不再单单西沉，当渲染上"我"的情愫色彩，使本来的疏远富于了应有的人情。

孙文　北京大学　博士

8. 单之的现代诗，读起来让人觉得有西方的气息，同时又有中国的古韵。

袁金城　北京大学　博士

9. 博雅晨昏，未名春秋，在园子里摘过星辰，在星辰里追忆青春，点滴的闪亮，是燕园的馈赠.

张迪　北京大学　博士

10. 《情书》写景状物虽简笔朴素，情绪却细腻，具有古典艺术的和谐静穆。

程爱练　北京大学　博士

11. 每个诗人都是孤独的灵魂。如果不曾孤独，就不会真正懂得诗歌。然而诗人又是不孤独的，因为"落叶""飞鸟""繁星"等，它们都理解并承载着诗人那颗孤独的心。

沈丽娟　北京大学　博士

12. 诗必有所本，本于自然；其情必有所始，始于真切。

李天碧　北京大学　博士

13. 音韵是诗歌音律性的符号，诗人通过文字音韵的组合，实现起承转合，抑扬兴叹，把诗歌自身的音乐和情趣在声调中传达出来。

崔凌智　北京大学　博士

14. 诗不是笔下的矫揉造作，而是思想与情感的凝华，渗透着生活中的快乐与忧愁，生活之水一滴一滴的凝聚，现了一眼清泉，也就化成了诗

邓玉辰　北京大学　博士

15.《情书》的表达寓有丰富的语言创造力，字里行间，使我们能够见出意象，领略出情趣，且如悉听音乐。

刘冰之　北京大学　博士

16. 诗人抓住细微的时间、空间变幻，精巧地传达出了情感的变化。

韦飞黎　北京大学　博士

17.《情书》表达情感与物象时有交织，时有鲜明，呈现出一种若即若离、若隐若现之感。

孙禄钊　北京大学　博士

18.《情书》之诗如语言和音乐合成，文字音韵流畅，节奏低徊绵长。

d 永燕　北京大学　博士

19. 单之之诗，所勾勒之时空，是情趣的意象化，也使意象情趣化。

李桂东　北京大学　博士

20. 单之诗中传达出一种孤独感，这种孤独感错综于诗人自身对物、象视角的转换，来自于情感自身。

　　　　　　　　　　　　　　韦祥赞　　北京大学　　博士

21. 诗人《落秋》之诗不禁让人看到王维，其写法有"大漠孤烟直，长河落日圆"之感。

　　　　　　　　　　　　　　翠忠　　北京大学　　博士

22. 诗人利用语言巧妙地勾勒了诗的情思，启人共鸣。

　　　　　　　　　　　　　　郝天绅　　北京大学　　博士

23. 诗有意境，朦胧迷离，恰如其分。

　　　　　　　　　　　　　　刘　　北京大学　　博士

24.《情书》的创造在于：似成其所以为诗，不似则成其所以为我。

　　　　　　　　　　　　　　刘永　　北京大学　　博士

25. 不拘泥于形式，不限于无关紧要，素笔勾勒，描绘无拘无束。

　　　　　　　　　　　　　　李文业　　北京大学　　博士

26. 好的诗歌会将想象空间和情感空间留个读者，把"自我"留给作者自己。

　　　　　　　　　　　　　　黄珊蕙　　北京大学　　博士

27. 大到宇宙星空，小到一尘之微，诗人于挥毫运斤时，各种意象均能信手拈来，任意驱遣，潜寓特有的神韵。

          张娟 北京大学 博士

28. 当暗湿的笔墨与字意隐潜生活的叶脉，而意象逐渐显色时，一种闪烁的光彩，像一片透明的雾，便浮现在我们眼前。

          侯春兰 北京大学 博士

29. 诗人以时间的承续和空间的绵延交织，深入情感，化静为动。

          陈磊 北京大学 博士

30. 巧妙枚举物景，勾勒出了醒目而典型的意象线条，予居未名，读之身临其境。

          赵华 北京大学 博士

31. 《情书》利用文字声音的韵律排列，产生了自己的美感。

          蒋光昱 清华大学 博士

32. 诗者，哪怕刹那，亦见境界。

          鄢东江 清华大学 博士

33. 触达心灵的诗歌，读者欣赏的是读者自我心灵的创造。

          张博瑜 清华大学 博士

34. 运思布局不落俗套，遣词造句不陷浮华，唯陈言之务去，善推陈而出新。

　　　　　　　　　　　　　黄国锐　清华大学　博士

35. 诗歌当不拘形式，纯任自然。

　　　　　　　　　　　　　韦俊秀　清华大学　博士

36. 写诗给自己，与自己对话，是诗人特有的孤独。这种孤独沉淀于每一字每一句间，由文字铺陈的有限空间传达漫染无尽的悲伤情怀。

　　　　　　　　　　　　　李慧　清华大学　博士

37. 诗人造诣文字，唤起了诗歌的音乐性。不由从诗歌阅读中传达出来。

　　　　　　　　　　　　　梁健豪　清华大学　博士

38. 每个人所见到的世界都是在他自身积累的知识框架下所创造的，诗人可贵之处在于简单勾勒给读者留下想象空间，阅读自我。

　　　　　　　　　　　　　赵文庆　清华大学　博士

39. 《情书》颇具古风，而创造又出奇异，意境优美。

　　　　　　　　　　　　　费博浩　清华大学　博士

40. 诗歌中带有的情趣具有极强的代入感，使人沉静，回味无穷，展现出诗人的笔力。

　　　　　　　　　　　　　冯耘东　清华大学　博士

41. 诗歌的表达中，自我很难从意象表达的意志中驱除；故而，诗人会认为"诗,诗人的苦难"。

           杨雨潇　清华大学　博士

42. 诗歌是可感受的情愫和可观照的意象的融合,《情书》以可描绘之意象,实现了不可描绘之情的表达。

           黄尚尉　清华大学　博士

43. 一田种粳遍垌香。

           廖奎鸿　清华大学　博士

44. 以韵成诗,情思精炼,辞藻活泼。

           范捷　清华大学　博士

45. 诗人诗歌词句简练,有省有略;然,比之大众,弊在其诗非广而适之。

           文凡　清华大学　博士

46. 单之之诗,其意象描写手段有似于王维,其情感捉摸表达有似于李商隐。

           汪其涛　清华大学　博士

47. 《情书》诗歌音律会同中国古诗,有起有浮,有舒有缓,显现文字声音之美。

           卢佳楠　清华大学　博士

48. 单之的诗有一种找回内心平静的魔力。

　　　　　　　　　　　　　　　　　李嘉龙　清华大学　博士

49. 诗之用字，存乎诗人之意，在乎传情达意与音律交合之平衡。

　　　　　　　　　　　　　　　　　苏贵良　清华大学　博士

50. 诗歌的创作在于用生活所感去作诗；读诗的初心在于用诗歌读所得之生活。

　　　　　　　　　　　　　　　　　齐腾飞　清华大学　博士

51. 《情书》诗歌有音有义，是语言和音乐的结合。

　　　　　　　　　　　　　　　　　杨光情　清华大学　博士

52. 诗歌的意境构筑，下者为混沌，上者为混清相明。

　　　　　　　　　　　　　　　　　张可心　清华大学　博士

53. 单之诗歌，中西相合，读之使心归于平静。

　　　　　　　　　　　　　　　　　胡博楠　清华大学　博士

54. 缥缈的落窦、散落的浅搁、秒旋的轻曝，使雪成为一种相思的寄托。

　　　　　　　　　　　　　　　　　朱昌龙　清华大学　博士

55. 《情书》利用文字音律的巧妙组合，使诗歌自身的意境和情感更加悠远深沉。

　　　　　　　　　　　　　　　　　徐底连　清华大学　博士

56. 诗人之诗深于情，情感之中渗透出爱慕的胜境。

　　　　　　　　　　　　　　[签名]　清华大学　博士

57. 诗书之情愫，未名之幻梦。

　　　　　　　　　　　　　　[签名]　清华大学　博士

58. 每一首诗歌都是一次经历，每一次经历都沉淀几分情感的厚重。

　　　　　　　　　　　　　　郝信烨　清华大学　博士

59. 诗之情柔，诗之性刚。

　　　　　　　　　　　　　　[签名]　清华大学　博士

60. 诗人虽未写未名，然而字里行间却充满了未名的草木花鸟，或许这才是未名对诗人真实的改变。

　　　　　　　　　　　　　　郑振杰　清华大学　博士

61. 诗人构筑出空灵的意境，见微知著。

　　　　　　　　　　　　　　陈博　北京化工大学—剑桥大学（联合）　博士

62. 我们所触及到诗歌的境界是我们性格、情趣和经验的写照，各不相同，《情书》诗歌采用适当留白，颇具中国自古的古风。

　　　　　　　　　　　　　　付琳　剑桥大学　博士

63. 单之之诗，诗情切切，文辞卓练；然而，也有些许艰涩，如果句词在简单明了些,尤甚足矣。

　　　　　　　　　　　　沈博洋　剑桥大学　博士

64.《情书》诗歌呈现出生活与艺术的浑然的统一,是生活之上的抽象、提高。

　　　　　　　　　　　　　　　　牛津大学　博士

65.《情书》之诗,诗虽难歌,但亦可颂。

　　　　　　　　　　　　孙倩　剑桥大学　博士

66. 诗人的诗歌古典浪漫,读之使人释然,洗涤尘忧。

　　　　　　　　　　　　施达　剑桥大学　博士

67. 浪漫而温情的诗歌不仅需要驱逐不美的东西,而且需要杜绝日常平庸的东西。

　　　　　　　　　　　　程泽康　剑桥大学　博士后

68. 叶落虽然悄息,那击水的萍漪,却轻扣心弦,沉醉,微漾。

　　　　　　　　　　　　陈成　牛津大学　博士

69. 悦读《未名》。单之重视韵脚的处理,诗歌富于节律感和音乐性。同时,对于色块的精巧使用,使得诗歌的色彩感、画面感有了较为实在的演绎。情绪、修辞、节律相交织,使得读者仿佛跟随作者一同回到了诗歌一体的上古年代;然而作者富于现代感的语言,却又小心地调和着这种美感，使其不致出离可读之限。

伟楠　伦敦大学学院　博士

70. 字里行间，把我领回了那个属于自己的大学年代。

啸宇　剑桥大学　博士

71. 诗歌的意境勾勒能够超越读者可见边界，调动读者情感和经验进行共鸣；未见全体，通过画描部分的细微勾勒让不可见的进入可见。

张煜　东京大学　博士

72. 单之诗歌虽表达纯练，但不免有意锻炼字句，时有斧凿之痕迹；然而，为表述意境而酌句，似乎恰到好处，又天衣无缝。

孔祥明　早稻田大学　博士

73. 人生从不后悔，走过便是青春。

孔龙　东京工业大学　博士

74. 单之的感情里不含游离的渣滓，只有最好最纯净的心留存在诗里。

吴雨剡　日本东北大学　博士

75. 踩着诗的音符，走向情书那一头的你，不远千里，不曾错过。

陈昭　东京大学　博士

76. 单之的诗歌不存在距离，生与死、人与物都可以声气相应。

许嘉允　东京医科齿科大学　博士

77. 诗以微妙，然琢字尚显深涩。

　　　　　　　　　　　储陈诚　　日本早稻田大学—东南大学（联合）　　博士

78. 单之笔下的世界是其心绪的回响，时而淡然，时而眷恋；漫漫情丝许是寄于一位伊人，却又似吟诵给生活的颂歌。

　　　　　　　　　　　鹿雨豪　　新加坡南洋理工大学　　博士

79. 饱满的情感，青涩的爱情，让人回味到初恋的时代。

　　　　　　　　　　　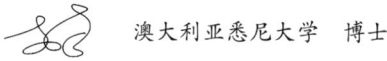　　新加坡南洋理工大学　　博士

80. 似潺潺流水，滋润着情人的心房；如袅袅余音，绵绵悠长。

　　　　　　　　　　　王大承　　新加坡国立大学　　博士

81. 从诗歌中可以看出作者遵从内心而发，真实感人，许久未看到如此佳作！

　　　　　　　　　　　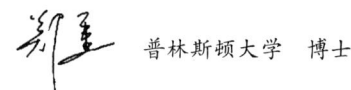　　澳大利亚悉尼大学　　博士

82. 寒星的影子，灯影的涟漪，印在诗人眼里，便成了诗。

　　　　　　　　　　　孙维龙　　麻省理工学院　　博士

83. 咏情必同时需筑境，筑境亦必同时为咏情，《情书》之风也。

　　　　　　　　　　　郑至　　普林斯顿大学　　博士

84. 诗歌之情必有因由，诗歌之言必成逻辑。

　　　　　　　　　　　宋新麟　　密歇根大学　　博士

85. 诗歌不是通过语言的结构把意象富于的情愫传达出来，而应赋予意象以情愫。

          秦冲 密西根大学 博士

86. 诗歌视觉灵敏，其所抒发的情感扣人心弦。表达以"我"为主角，贴近读者阅读视角。

          陈庭榕 密西根大学 博士

87. 诗歌在于：诗是生活的提炼，又是生活的真实升华。

          王明亮 密西根大学 博士

88. "未名湖是个海洋，诗人都藏在水底。灵魂们都是一条鱼，也会从水面跃起。"单之就是未名湖水底的诗人，他的灵魂诗歌就是游弋的鱼。

          徐石林 密西根大学 博士

89. 诗人传达了一种返璞归真、返虚入浑、从理想返回生活的自然，这也许就是他所寻的本原。

          贝石可言 密西根大学 博士

90. 大象无形可概诗之意象，外观内思可说诗之表现。

       王旭 哈佛大学（硕士）卡耐基梅隆大学（博士）

91. 诗歌的意象深远，情感饱满；然而有文字雕琢的痕迹，且有些许生僻字词，可能是诗歌本身存在的些许不足。

          邓凌佳 美国匹兹堡大学 博士

92. 单之诗歌追求音律，而诗歌音律性的价值应在于音乐性，通过音乐性传达出诗歌浓厚的艺术美感。

　　　　　　　　　　　李雯　　中国科学院　　博士

93. 凝练的诗行间有自由的力的游荡，读起来流荡不羁。

　　　　　　　　　　　程保祺　　中国科学院　　博士

94. 单之的诗内敛而不失外放，凝重而不失奔泻，含蓄蕴藉而不失意气感人。

　　　　　　　　　　　宾德善　　中国科学院　　博士

95. 诗人对诗的塑造通过"孤独"保持澄澈。

　　　　　　　　　　　沈　镇　　中国社科院研究生院　　博士

96. 诗人对诗歌意象和情感进行了良好的融合，使诗歌本身增添了感召力。

　　　　　　　　　　　秦爱玲　　中国社科院研究生院　　博士

97. 诗人对其所创造的意象往往能"体贴入微"，化入意象群中，赋予它们自由生长的生命。

　　　　　　　　　　　张意梵　　中国社科院研究生院　　博士

98. 诗歌情感表达的微妙在于：在诗歌的情感转合中，利用情感的"蝴蝶效应"，变动一点，便引起全般反应。

　　　　　　　　　　　杨祝顺　　中国社科院研究生院　　博士

99. 诗歌虽然未严苛符合格律，然而诗人对诗采用了整齐的韵脚，读起来朗朗上口，音节具有和谐之感。

周增亮　中国社科院研究生院　博士

100. 镜中残缺的身体承载着我的灵魂，镜中残缺的身体背负着我的梦想，镜中残缺的身体跳动着我这颗坚韧的心。"这三句诗来自一位残障者的心声，当 TA 一字一句清晰而又模糊地朗读时，在场者的心与之抑扬顿挫同一频率。什么是诗？什么是好诗？我想，不应是风雅者的文字游戏，不应是权贵者装点辉煌的粉墨，而应是胸中不吐不快的深意，是心中不眠不休的深情，是对极丑极美极真人性的正视、赞美、拷问、反抗、撕裂与立新。

熊旭　中国社科院研究生院　博士

后记

我的诗歌杂谈

诗是采取最精妙的语言来对作者最精妙的观感的一种表现；如此一来，诗既成之，故而较难以旁人之佐证改之。一首既成的诗歌，其用字、用词、断句，其详略、抑兴、虚实，其音韵、节律、急舒，都随诗人成诗时之经历和情感而定格下来。故而，只有诗人自己知道他所表现的是否吻合其所感所想。那么，读者因为生活经验的不同，情感的不同，看待事物的视角不同，而使诗歌本身所呈现的情、景、状态与读者之间存在一定的沟壑。

读完《情书》，你，亲爱的读者朋友，大抵有两种感受：一者，不明其意，但感受到诗歌的用词构句带来的朗读美感；二者，先感觉到诗歌的语言精细，思之觉其表达内容之美。无论你是哪一种，都非《情书》的写作本意。因为《情书》的初衷是让你在感受到语言和意境所带来感染的时候，能够透过诗歌去阅读你自己。

作为一个理科生，我并未受过较为专业的文学指导。初出茅庐，对诗歌认识尚浅，故而不敢造次，高论诗歌。然，恰适《情书》尾端，读者已悉全诗之风格，或当阐释己见，使读者朋友对诗歌行文风格所积蓄的疑窦释然，故列题杂谈。

鄙人阅读现代诗歌尚少，多为古诗，王维、小李杜诗歌甚繁。长此以往，在选读现代诗的时候，便不自觉会有两个标准：意境幽远，音律雅和。那么，在成诗的过程中，也便会雕琢诗歌自身的意境和音律，这就是你所看到的《情书》的风格。当此，一而列之。

《情书》诗歌的创作一直坚持：用诗歌内容服务其所要呈现的意境，而音律承合则是对意境的补强。在音律协和之前提下，意境当首，其次内容。对于《情书》所列诗歌之风格，除音律之外，在意境上遵循：大意写相，见相非象。相者，物体之状态；象，乃物之形状也。也就是说，《情书》诗歌是呈现感观的或现实、或构想、或听闻的事和物的一种状态，而不是通过文字来描绘具体的发生或形象。当你读完一首诗歌，如果你切实感受到了那种具体的状态，进而构想出表达空间的详实概貌，那么，你所感触的这个具体的概貌不一定是诗歌自身所传递的具体讯息，而是你自己经验背景下图像的重新整合，所以"见相非象"。我把这样的诗歌风格概括为一种风格：意象。

　　"意象"风格的灵感来源并不是凭空捏造，其基于李商隐雕花般细腻刻画的文风，王维"诗中有画，画中有诗"的时空构筑，加之对写意国画的浅显理解和认知。也就是说，"意象"诗歌在意象构筑上一直追求着：如何合理地组构文字，呈现对客体的知觉，进而以明确、具体的语言形式对描绘客体的突出、抽象、感知。所以，"意象"诗歌追求的是其本身从形式、表达内容和情感上，不拘泥任何特定的感触，不排他任何可容纳之思想；剔除构架中无关紧要的东西，相时而变，多种多样，营造出一种不似而似的表观，并且保持自身的无拘无束。把或静或运的画面和情感，通过具体语句典型性构筑，不再描述清晰而分明的场景和情感纠葛；而通过感知的变化，在清晰分明之外，把握物、相、情的转变，如此使细微的感觉感知得以突出。当切实具体的感官模糊，明晰表述的客体逐渐消失，诗歌自身确定性的感和情解除，使读者对作者的在场感被一种缺席稀释和渗透。从而使这样的"意象"撩人心思，客体世界在"有我"和"无我"中出没，然而那种具体却在不可言喻的世界一览无余。

　　好的"意象"的传递，必须依赖于具体形式的创造，故而用词用句随同中国古体诗形式进行斟酌。形式之上的创造是音律的协和，每一音律的起承转合都标识着诗歌表达情感的变化和心境的位移。所以，在这些追求的风格下，成就了《情书》今天的整体风格：细构形、大写意、重合音。

《情书》诗歌在内容和形式上注重相互调谐，诗歌的内容伴随着情感的变化、感官的迁移、时间的流转进而在形式上也采取不同表现形式，如表达的省略、内容的长度及音韵的平仄合音。也就是说，每一首诗有自己独特的形式、情感及三观，进而伴随特定的呈现内容辅之以相应的声音节奏，使读者在阅读和朗诵时达到情感和表现内容的共鸣，于此方可使诗歌本身灌注的内容和形式合为一体，有血有肉。如此，每一首作品，犹如一件既成的艺术品，不仅仅有血有肉，其更有情有灵魂。诗乃人性之相，心之相。所以"诗必有由所本，本于自然；必有所创作，创未艺术"。诗之所本，窃以为乃人生世相；诗之艺术，以情趣、音韵咏叹；故二者合之为诗歌也。一首诗歌，以意象而创作具象，以具象抽练世相；以且吟且咏之音韵辅之情感之纠葛，再表观于抑扬顿挫，为诗之艺术性之境界——诗歌可以"表现"音乐的艺术性。如"落叶初唱"，首先其具有音韵美，音韵加之于平仄跌宕起伏，使整首诗读来撩人心绪。声音与情绪的关系，之于诗歌，使其更有表现性。

于写意而言，《情书》诗歌所描述的"相"，建立在超越可见者的感官边界之上，通过空间的转换和勾描调动读诗之人的情感、经验、已有认识的积累，让其进入诗歌所描绘的空间和表达的情感，进而让不可见进入其中。故而，在对诗歌创造的种种信息和情感的开发处理，不满足于最为全面且极尽陈述去构架相应的"世界"。再者，不力求自己情感的丰满表达，而是通过高度意象化的"无我"来体会心性变化过程的世相幻化。而这个"我"，可能是一片绿叶，可能是一株草，可能是一潭湖水，也可能是星，是行人；由此，为读者留下了巨大的想象空间，读者不再是读作者而是读自己，是读自己对所思，所想，所感，通过自己的想象构筑自己的诗境。适当、贴切、简单地勾勒具象和情感，作为与读者情感共鸣的引子，以此增强其艺术性。

诗歌的共鸣必须要合理地安排、精心地结构、呈现自己"形"

表达的内容。然而，情感的起伏及其微妙的变化，仅仅依靠内容还远远不够；故而，诗歌自身所咏叹的情趣必须通过音律（简单表现为声音节奏）来完成诗歌的再呈现。简而言之，诗歌需要发挥文字的音乐性，通过诗歌音律变化表现出来的音乐性可以补强其内容呈现的文字里可能缺失的情感意义。把形式作为诗歌的内容的模型，形式是诗歌的躯体，内容是诗歌的灵魂，音律是诗歌的脾性；故而，一首诗歌应当追求在内容的确定性下，进行形式的创造，再把内容所富含的情感通过词的选用精当、字的声音节奏表现出来。诗歌，诗之于歌，诗之以歌。如果一首诗歌能具有音乐艺术的表现性，那么这样的诗歌不仅仅是以情感捕获读者，而是能在吟咏之美中深入读者内心。"意志的客观化"是叔本华对音乐表情的定义，这种意志本就包含情感（无论情感的主观化还是客观化），然而"意志的客观化"又何尝不是诗歌表情的定义呢？类于音乐，《乐记》云："乐者，音之所由生也，其本在人心之感于物也。是故其哀心感者，其声噍以杀；其乐心感者，其声啴以缓；其喜心感者，其声发以散；其怒心感者，其声粗以厉；其敬心感者，其声直以廉；其爱心感者，其声和以柔。六者非性也，感于物而后动。"诗歌亦复如是。

　　"意象"诗歌的追求大抵就是如此，《情书》所积诗歌可能并未完全进行体现，但诗风依旧会伴随单之诗歌之途。

　　单之未学及诗歌领域之理论，言论全属个人狭解。思由陋略，不免贻笑大方，权当个人之于诗歌肺腑之感。望君谅余之粗鄙！包容之情态至于此，俯首拜谢！

单　之

2018 年 1 月 12 日，于燕园

特别鸣谢

《情书》顺利出版，离不开众组织机构及朋友的大力支持。谨此致以最衷心的感谢！

向 勇	北京大学艺术学院	教授
	北京大学文化产业研究院	副院长
释延勇	少林寺二祖庵	庵主
	少林棋院	院长
冰 虹	中国作协会员	
	济宁市作协副主席	
吕 达	中国诗歌学会编辑出版部主任	
	《中国新诗》	编辑
吕贻强	北京大学光华管理学院	EMBA
	皓昇莱生物制药有限公司	董事长
王 振	北京大学光华管理学院	EMBA
	环球旅游望	CEO 兼总编辑
宋亚兵	广州博克生物技术有限公司	总经理
李 辉	广西博达软件股份有限公司	总经理
冯 芳	北京极地加科技有限公司	董事长
王柏华	北京极地加科技有限公司	执行合伙人
沈庆凯	广东朝阳电子科技股份有限公司	董事长
文 军	北京大学光华管理学院	EMBA
李 轩	北京心灯文化发展公司	副总经理
高嘉敏	北京大学《北大青年》报社	前总编辑
罗绍松	广西科学技术出版社	编辑
刘 芳	广西大学	教授
李艳妃	广东尊海律师事务所	律师

窦　菲	"随艺说"	设计总监
李海涛	北京大学	博士
张兴华	北京大学	博士
余跃洲	北京大学	博士
陈熙邦	北京大学	博士
雷明昊	北京大学	博士
荣文辉	北京大学	博士
邵　晨	北京大学	博士
王小文	北京大学	博士
吴金雄	北京大学	博士
张　迪	北京大学	博士
程赟绿	北京大学	博士
池丽娟	北京大学	博士
李天碧	北京大学	博士
崔凌智	北京大学	博士
邓玉豪	北京大学	博士
刘冰之	北京大学	博士
韦飞黎	北京大学	博士
孙禄钊	北京大学	博士
文家燕	北京大学	博士
李桂东	北京大学	博士
韦祥赞	北京大学	博士
梁　忠	北京大学	博士
郝天祎	北京大学	博士
刘进一	北京大学	博士
刘　冰	北京大学	博士
李天然	北京大学	博士
黄珊蕙	北京大学	博士
张　甜	北京大学	博士
侯春兰	北京大学	博士
陈　磊	北京大学	博士

赵　年	北京大学	博士
彭莹茜	北京大学	硕士
沈玉卿	北京大学	硕士
蒋光昱	清华大学	博士
鄂尔江	清华大学	博士
张梦瑜	清华大学	博士
黄国锐	清华大学	博士
韦佼杏	清华大学	博士
李　慧	清华大学	博士
梁建霖	清华大学	博士
赵文庆	清华大学	博士
黄博浩	清华大学	博士
冯耘东	清华大学	博士
杨雨濠	清华大学	博士
黄尚尉	清华大学	博士
廖幸谬	清华大学	博士
范　捷	清华大学	博士
文　凡	清华大学	博士
汪其涛	清华大学	博士
卢佳楠	清华大学	博士
李嘉龙	清华大学	博士
苏贵良	清华大学	博士
齐腾飞	清华大学	博士
杨光情	清华大学	博士
张可心	清华大学	博士
胡博韬	清华大学	博士
朱昌龙	清华大学	博士
徐庞连	清华大学	博士
吴孔林	清华大学	博士
李宏博	清华大学	博士
郝信烨	清华大学	博士

贾传洲	清华大学	博士
郑振杰	清华大学	博士
陈　博	北京化工大学—剑桥大学（联合）	博士
付　琳	剑桥大学	博士
沈博泽	剑桥大学	博士
金敦泓	剑桥大学	博士
孙　倩	剑桥大学	博士
施　达	剑桥大学	博士
程泽康	剑桥大学	博士
啸　宇	剑桥大学	博士
陈　成	牛津大学	博士
伟　楠	英国伦敦大学学院	博士
张　煜	东京大学	博士
陈　昭	东京大学	博士
孔祥明	早稻田大学	博士
孔　龙	东京工业大学	博士
吴雨函	日本东北大学	博士
许嘉允	东京医科齿科大学	博士
储陈成	日本早稻田大学—东南大学（联合）	博士
鹿雨豪	新加坡南洋理工大学	博士
严　成	新加坡南洋理工大学	博士
汤碧珺	新加坡南洋理工大学	博士
王大承	新加坡国立大学	博士
李　蔚	澳大利亚悉尼大学	博士
孙维维	麻省理工学院	博士
郑　圭	普林斯顿大学	博士
宋新麟	密歇根大学	博士
秦　冲	密西根大学	博士
陈庭榕	密西根大学	博士
王明亮	密西根大学	博士
徐石林	密西根大学	博士

缪不可言	密西根大学	博士
王　旭	哈佛大学（硕士）卡耐基梅隆大学	博士
邓凌佳	美国匹兹堡大学	博士
李　雯	中国科学院	博士
程禄祺	中国科学院	博士
宾德善	中国科学院	博士
沈　镇	中国社科院研究生院	博士
秦爱玲	中国社科院研究生院	博士
冯意梵	中国社科院研究生院	博士
杨祝顺	中国社科院研究生院	博士
周增亮	中国社科院研究生院	博士
熊　影	中国社科院研究生院	博士
卫欣园	中国社会科学研究院	硕士
孙宝新	中央民族大学	博士

全球川渝博士联合会
全球广东博士联合会
广西博达软件股份有限公司
北京随艺雅阁文化传媒有限责任公司

诗集选诗朗读版， 请关注意象诗歌微信公众号